SOB ESCOMBROS À LUZ DE VELAS

Ed Santana

SOB ESCOMBROS À LUZ DE VELAS

© Ed Santana, 2025
Todos os direitos desta edição reservados à Editora Labrador.

Coordenação editorial Pamela J. Oliveira
Assistência editorial Leticia Oliveira, Vanessa Nagayoshi
Projeto gráfico e capa Amanda Chagas
Diagramação Heloisa D'Auria
Preparação de texto Monique Pedra
Revisão Lucas dos Santos Lavisio

Dados Internacionais de Catalogação na Publicação (CIP)
Jéssica de Oliveira Molinari - CRB-8/9852

Santana, Ed
    Sob escombros à luz de velas / Ed Santana.
    São Paulo : Labrador, 2025.

    160 p.

    ISBN 978-65-5625-755-6

    1. Contos brasileiros I. Título

24-5357   CDD B869.3

Índice para catálogo sistemático:
1. Contos brasileiros

Labrador

Diretor-geral Daniel Pinsky
Rua Dr. José Elias, 520, sala 1
Alto da Lapa | 05083-030 | São Paulo | SP
contato@editoralabrador.com.br | (11) 3641-7446
editoralabrador.com.br

A reprodução de qualquer parte desta obra é ilegal e configura uma apropriação indevida dos direitos intelectuais e patrimoniais do autor. A editora não é responsável pelo conteúdo deste livro.
Esta é uma obra de ficção. Qualquer semelhança com nomes, pessoas, fatos ou situações da vida real será mera coincidência.

"Não é noite, não é dia; não é o dilúculo, não é o crepúsculo; é a hora da angústia, é a luz da incerteza. No mar, não há estrelas nem sol que guiem; na terra, as aves morrem de encontro às paredes brancas das casas. A nossa miséria é mais completa e a falta daqueles mudos marcos da nossa atividade dá mais forte percepção do nosso isolamento no seio da natureza grandiosa."

(Lima Barreto – *Triste fim de Policarpo Quaresma*)

"A jangada saiu com Chico, Ferreira e Bento. A jangada voltou só."

(Dorival Caymmi – *A jangada voltou só*)

SUMÁRIO

Apresentação —————————————— 11
1 – Pipoca ——————————————————— 13
2 – "Tento andar no meu passo e vou a esmo" —— 15
3 – A queda ————————————————————— 17
4 – O inimigo se levanta, mas tem que cair ———— 19
5 – Trecho de peça não escrita para
  personagem não imaginado ———————— 23
6 – "Antwort" ——————————————————— 25
7 – "Em tempo de ver os cordeiros que pastam" —— 27
8 – "Respirando acima do cais" ————————— 29
9 – "Vem o dobro e vira festa" —————————— 31
10 – "À minha campa, nenhuma inscrição" ——— 33
11 – "Era uma vez, veja vocês..." ————————— 39
12 – "Como esses que se vê na rua" ——————— 41
13 – "A solidão agora é sólida" —————————— 43
14 – "Em que espelho ficou
  perdida a minha face" ——————————— 45
15 – "Classificados N°1" ———————————— 47
16 – Fatalidade, consumidor teve
  morte instantânea ——————————————— 49
17 – "O verbo de Deus be-a-bá" ————————— 51

18 – "Canibal vegetariano devora planta carnívora" — 53
19 – "Vida veio e me levou" — 55
20 – "Relembro a casa com varanda" — 57
21 – "O meu vizinho do lado" — 59
22 – O Don do Espírito Santo — 61
23 – "Diamante de mendigo" — 63
24 – O dia do tédio — 65
25 – Sua sorte de vencido — 67
26 – "Precisamos de amores" — 69
27 – Anunciação do anjo Gabriel — 71
28 – "Zune o vento e valsam os oitis" — 73
29 – "Dá logo a notícia. Dá" — 75
30 – "Un sendero solo de pena y silencio llegó" — 77
31 – "Boas festas e um ano bom" — 79
32 – "Estava tudo escuro dentro do meu coração" – 83
33 – "A sordidez do conteúdo" — 85
34 – Pilhagem — 87
35 – "Baião do Tomás" — 89
36 – GLP — 91
37 – A sombra — 93
38 – "O ouro e a madeira" — 95
39 – "Das águas de despejo" — 97
40 – "Voz mais triste" — 99
41 – Sua sorte de vencido II — 101
42 – Osculetur me osculo oris sui! — 103
43 – Ocaso — 105

44 – Terceiro selo — 107
45 – Liturgia — 109
46 – Os três mal-amados — 111
47 – Obelisco — 115
48 – Com quem será? — 117
49 – Mistérios dolorosos — 119
50 – 2024 — 121
51 – Sua sorte de vencido III — 123
52 – "Levantar sem ter destino, pra quê?" — 125
53 – Requiem aeternam dona eis, Domine — 127
54 – *Droit de la saisine* (Arts. 1.784 e 1.785) — 129
55 – "Cayó bajo las garras de la fatalidad" — 131
56 – Incomovida imagem — 133
57 – Toma um fósforo — 135
58 – Saquinhos higiênicos — 137
59 – "Cara de boi lavado" — 139
60 – "E o abismo surgindo" — 141
61 – "Parece o canto triste do Jurutaí" — 143
62 – Visita às quinze — 145
63 – Penélope — 147
64 – Cacilda — 149
65 – "O amor tem pés de balé" — 151
Posfácio — 153
Cancioneiro — 157

APRESENTAÇÃO

Os textos que compõem este livro foram escritos sobre e sob escombros. Quando a voz já não podia ser ouvida e os cachorros já haviam desistido da busca, passei a imaginá-los. Muitos desses episódios poderiam, e provavelmente ocorreram, não como conto, mas como realmente foram.

A ordem de leitura não me diz respeito. Os episódios são semicontados ou invalidados ainda na apresentação dos personagens, quando esses existem. Se tivesse o dom do pincel, alguns poderiam ser quadrinhos; tantos outros, fragmentos de peças que nunca serão escritas.

Os títulos, quando entre aspas, trazem uma referência musical — músicas que estão listadas ao final do livro, com as devidas indicações. Recomendo a escuta dedicada. Citá-las seja, talvez, sua função mais relevante. Então, não as desperdice. Mas, não, não lhes faço exegese. Às vezes, foi só porque eu a estava escutando na hora.

Sugestiono a leitura e possível audição à madrugada. Pode-se fazer acompanhar de algo a beber, mas a mim me toca com indiferença se não. Não, não os leia à luz de velas. Os escombros bastam.

1   PIPOCA

Era muito amigo do dono do bar, onde almoçava há anos. Também por isso, e por ter comprado dele o carrinho de pipoca, guardava-o ali todos os dias. Prometia que pagaria o aluguel assim que as coisas melhorassem. Não melhoravam.

— Seu Osmar, eu quero duas doces.

— Seu Osmar, uma média salgada.

De quinta a sábado era quando mais faturava. Domingo, diziam, era melhor ainda, mas ele não podia ir.

Sempre o mesmo prédio há dezessete anos. Nos últimos cinco, vendia pipoca em frente. Nos doze em que foi porteiro, nunca trabalhou de domingo. Sabe que deveria agora, como pipoqueiro, mas o porteiro, que o creem em casa, sempre descansou no dia do Senhor.

2
"TENTO ANDAR NO MEU PASSO E VOU A ESMO"

Um belo corte e excelente caimento, o terno lhe fazia uma ótima apresentação. Abotoaduras, bela gravata, cabelo alinhado, os sapatos espelhados faziam justiça a todo o conjunto. Assim se vestia todas as noites e se deitava sobre a cama, no solitário quarto.

— O mais valoroso dos seres! Um coração digno de toda honraria! Modesto por convicção, mas, mesmo querendo ser exibicionista, lhe seria impossível, visto que passaria uma vida inteira propagandeando sua extrema bondade, e outras tantas ainda lhe faltariam apenas para exaltar a generosidade desta, se isso sua vaidade pudesse propor.

Sua própria voz fazia-se ouvir em uma caixinha de som, tecendo-lhe essas loas. A cada noite, acrescentava-lhe ou lhe retirava algo.

— Propagandeando ou publicizando?

Modificava palavras, alterava a colocação do pronome, mas sem jamais economizar-se as mais caras virtudes, que ele, e não apenas ele, sabia não possuir. Assim se ensaiava velado e orador, morto e ente pesaroso. Deixaria seu discurso escrito para quem o encontrasse. Ninguém o leria; se o lesse, jamais o diria em voz alta. Sabendo-o, velava-se a si mesmo todas as noites.

3   A QUEDA

Saltou sem se benzer, mas não atingiu o chão. Pairando ainda está. Para trás, não há volta, e o chão não o quer. A angústia eterniza cada segundo e cresce a cada um deles, em que definha, enquanto purga nesse não lugar.

— Se o pecado foi pular, a morte deveria ser a punição. Se pular não for pecado, por que amargo essa condenação?

Mais deseja cair que voltar e deseja voltar como quem deseja a verdade do universo.

Anoitece, amanhece, anoitece, amanhece... A gravidade o esqueceu. Quando se vira para olhar o céu, ele ainda está lá; com sua dura feição acusadora, o chão nada lhe diz. Quantas eternidades duraria? Questionava-se.

— Talvez apenas uma.

Consolava-se e ria.

4
O INIMIGO SE LEVANTA, MAS TEM QUE CAIR

— Mas fico com o disco do Pixinguinha, sim. O resto é seu...

Assim foi recebido, quando o outro acreditou poder emprestar ternura àquela alma. Trocando em miúdos, o disco — principalmente o disco — e todo o resto também eram dele. O canto não lhe amoleceu o coração, nem poderia; desse, nem memória possuía. A doutrina proibia veementemente.

Quando se voluntariou, apenas formalizou o que já se soubera. A expectativa pela inscrição era sempre acompanhada da plena certeza de que ela viria. E esse era o grande rito. Não renunciavam nada, não havia nem mesmo uma pequena alegria a renunciar, nenhum prazer a penhorar por uma promessa religiosa.

Tomado desse espírito único e destemido, participou da primeira incursão para recolher os mínimos resquícios do que outrora se chamou música. Após o decreto pastoral, imediatamente todas as ditas plataformas musicais foram extintas. Como eram centralizadas em nuvens, essas foram desfeitas, e houve muita chuva, tormentas inimagináveis.

O primeiro ato para banir toda e qualquer música se deu pela via digital e foi bem-sucedido. O segundo ato, por ele chefiado, iniciava-se com denúncias não anônimas — a publicidade dessas era motivo de orgulho e reverências. Vizinhos, familiares, quem ouvisse algo vindo da casa ou do quarto de alguém tinha o dever cívico e religioso de denunciar, sob a rígida pena de ser banido da igreja e de toda a comunidade em torno dela. Ninguém poderia existir sem seu crivo e proteção. Aos degredados, nem mesmo a punição impingida aos criminosos era permitida. Ao que consta, a primeira incursão se deu na morada de um contumaz criminoso. Conforme inquérito, além dos tais discos, possuía também objetos sonoros.

Na rádio oficial, pregações habitavam todas as casas e praças. Em cada praça, tendas, e, em cada tenda, pregadores se revezavam diuturnamente. Era o único som chancelado (além dos tiros, botas em marcha e automóveis). Um ou outro celerado se arriscava e era descoberto ouvindo o proibitivo e pecaminoso som. Falava-se em traficantes de tal substância, e corria, sempre à boca pequena, que essas, contrabandeadas sob a mais constante cautela, eram apenas simulacros de simulacros, propagados e postos sob vigilância pelo mesmo ministério, que alardeava, para parecer não alardear, o seu completo triunfo. Em propagandas arrebatadoras, propalava os riscos e perigos e deixava um ou outro outrora chamado hino escapar. Os descontentes politizados pagavam enormes quantias para ouvi-los sob um tenebroso sigilo e sob a pena das mais duras sanções. Esses tais hinos celebravam os líderes da revolução cristã, entoavam salmos e evangelhos, com os quais esses criminosos se esbaldavam, e era exatamente para eles que eram feitos.

O que no começo cantarolou era, de fato, um perigo — possuía perigosas memórias. Quando apanhados, essas não lhes eram arrancadas, apenas lhes decepavam a língua, para impedir o acinte. Depois, levavam-nos às tendas nas praças e, instigados, pregavam em línguas estranhas. Todos queriam estar em seus lugares, apesar de eles mesmos não. Exceto nosso herói, que, antes de participar da primeira incursão e dela ser predecessor, instituiu em si mesmo o rito de decepar a língua quando, em tentação, negociou com um dos traficantes — que não sabia ser funcionário do ministério — e pegou-se proibitivamente cantarolando um salmo:

— Senhor, livra a minha alma dos lábios mentirosos e da língua enganadora.

5   TRECHO DE PEÇA NÃO ESCRITA PARA PERSONAGEM NÃO IMAGINADO

— Se eu dissesse aos senhores que esta noite tiraria minha própria vida, passearia meus olhos por todos e concluiria que nenhum dos senhores teria o ardil de tentar dissuadir-me de tal intento. Digo isso defendendo a justiça e o entendimento que sei que lhes são caros. Qualquer defesa de algo que não se acredita ou é falsidade ou é propaganda. E como sei? Eu também não teria o ímpeto farsesco de dourar um mundo cinza para quem o quer dourado, mesmo que não o queira de fato. Óbvio que um tolo qualquer idealiza e sonha o etéreo. Não o achando — e nunca o acham —, também diria que esta noite tiraria a própria vida. É provável que realmente o fizesse. Motivos, temos ambos. O dele, o etéreo; o meu, a tristeza. No etéreo, a tristeza não existe, quem ainda não o alcançou é triste, pois somos todos, e é triste, pois o fim da tristeza ainda não chegou. Ambos tristes, mas eu não creio no etéreo, e saber que a tristeza nunca morrerá me chancela. Mas eu não tenho questões com ela.

Por isso sigo, por isso os senhores sabem que eu sigo. E por isso nada diriam.

6   "ANTWORT"

Escanteio. Bola sobrou na entrada da área, chutou, desviou no zagueiro, mas tinha endereço.

— Se não desvia, era gol.
— O goleiro tava na bola.
— Não pegava mesmo, ia morrer no ângulo.
— Olha o replay, o goleiro já tava nela.
— Nem se fossem dois, pegaria esse chute.
— Nem foi lá tão difícil.
— O zagueiro fez o certo, mas essa bola não oferecia perigo.
— Não ia nem sair na foto.
— Talvez nem fosse pro gol.
— Aposto cem que seria gol.
— Dobro. Duzentos que não seria.
— Você sabe que está me devendo cem.
— Você que me deve duzentos...

Um ateu, outro crente. Nunca saberemos qual crença está certa.

7 "EM TEMPO DE VER OS CORDEIROS QUE PASTAM"

Estranhou os bancos novos, as janelas inteiras, as paredes pintadas... Em vinte anos, muita coisa muda. Ele mesmo havia mudado muito. De casa, gestos, palavras, até sua antiga paixão avassaladora por futebol andava modificada. Havia mudado inclusive sua visão religiosa e, por isso, não vira os bancos novos chegando ou as janelas sendo trocadas. Essa repentina visita à antiga igreja de sua infância e adolescência se deu por motivos tristes, não era uma missa habitual, essa se rezou como se em Abel-Mizraim estivesse.

A prostração foi sendo permeada pela perplexidade. Ao contrário dos bancos, piso, imagens, janelas e toda a parte física, as pessoas eram as mesmas que ali ele havia deixado há duas décadas. Inalteradamente as mesmas. Sentiu-se um viajante no tempo, voltando a um ponto exato de seu passado, em que esposas e mais esposas de Ló permaneciam estancadas no mesmo ponto, como se estátuas de sal fossem, mesmo lhes sendo permitido seguir. Tão somente as marcas no rosto indicavam a passagem do tempo, o balanço alquebrado do corpo e a opacidade dos olhos também. Nem ao menos sabiam ter sede.

8   "RESPIRANDO ACIMA DO CAIS"

— Eu não saio ainda.

Ajeitou a gola, acendeu um cigarro e desceu à portaria vazia para receber sua bebida. Desde a ordem de desocupação do prédio pela defesa civil, os carros das companhias de luz e de água montaram guarda. Ninguém mais se aproximava, apenas os entregadores. "Não é ninguém, é o padeiro", ria lembrando de Rubem Braga. Não atendia mais ao celular. Só queria dormir no seu quarto.

Bombeiros, repórteres, familiares... Teria saído se estes não tivessem aparecido.

Há uma semana, o prédio já deveria estar no chão, dada a gravidade das rachaduras. Pelo que ouviu de mais de um entregador, a implosão se daria em alguns dias. Jamais perderia isso. Havia ainda ordens judiciais e todas as outras formalidades.

— Quando o oficial de justiça vier me oficiar à porta, sairei.

Óbvio que esse não iria. Exatamente por isso se permitia falar. Nunca tivera tanto silêncio para dormir.

Apesar do prédio todo para ele, respeitava os outros apartamentos abandonados. Quando se deparava com uma porta alheia aberta, prontamente a fechava. Tinha dignidade mesmo na derradeira sina.

Não acompanhou as tratativas da prefeitura, não ouviu os apelos de apresentadores. Esperava em seu quarto o ruir e a queda final, fosse natural, fosse pela implosão.

Da janela, via a multidão, sem redentor. Não era lindo. Desejava que essa também pudesse ouvir a música que tocava, sua última companheira. Uma horda de infelizes, com seus celulares a postos, desejosos de escombros.

A janta seria peixe. "Não é ninguém, é o padeiro", e descia os quatro andares de escada.

— "Sei que estou no último degrau da vida, meu amor..."

9 "VEM O DOBRO E VIRA FESTA"

Estiveram presentes Liliane, Léia, Bruno e Jorge. O show de 50 anos do lançamento do disco reuniu celebridades e artistas.

— É um momento mágico na minha vida presenciar isso — disse uma eufórica Márcia, que inclusive subiu ao palco para cantar "Ontem e depois: Naufrágio". Para além de toda a beleza das festividades, ainda tivemos tempo para a emoção: cinco pessoas que trazem no nome de batismo a homenagem ao ídolo foram sorteadas previamente pelo perfil da produção e subiram ao palco. O mais jovem da turma ainda estava na barriga.

— Claro. Que outro nome? — disse Clau.

A turnê segue até a próxima semana, os ingressos esgotaram há três meses. Vendeu-se mais ingressos para o show de 50 anos do disco do que o próprio disco, em 50 anos.

— "Eu te olho com o olho
de quem olha o que quer.
Eu te quero com o gosto,
eu te quero de noite e até o café."

Com a camisa ostentando a linda capa, Débi cantarolou o grande sucesso.

— A música da minha vida! — completou.

A emoção dominava a cada novo hit, dezenove no total. O refrão entoado a plenos pulmões:

— "Te quero cereja,
bolinha de sabão,
quero que você queira,
que me diga sim,
podendo dizer não."

Quantas do disco celebrado? Ninguém sabe. Quem se importa quando estão presentes Liliane, Léia, Bruno e também Jorge?

10   "À MINHA CAMPA, NENHUMA INSCRIÇÃO"

Quando o carteiro chegou e o seu nome gritou com a carta na mão... Teria sido mais ao seu estilo se assim fosse, mas não irei falsear a história. Primeiramente, ligaram-lhe do banco. Só depois chegou a carta, silenciosa. Acharam-na entre papéis de pizzarias e jornais de igreja.

— Tratava-se de Aposentadoria Por Tempo de Contribuição, concedida em razão de ficar comprovado o tempo de contribuição de 33 anos, se homem, e 28 anos, se mulher, até a data de entrada em vigor da EC 103/2019, acrescido do pedágio de 50% do tempo que, na data de entrada em vigor desta Emenda Constitucional, faltaria para atingir 30 anos de contribuição, se mulher, e 35 anos de contribuição, se homem, cumprindo com os requisitos da regra de transição do art. 17 da EC 103/2019.

Um alívio e um orgulho. Segundo a advogada, receberia todo o acumulado desde o começo do ano anterior. Ao que parecia, era uma bolada.

Passou o perfume da missa de Natal, colocou chapéu de quando ia a casamentos e foi ao banco.

Furadeira nova, trocou a janela da sala, tênis para o neto, caixa de som para o filho, um carrinho para ir à praia. Seu irmão ganhou camisa; sua irmã, gargantilha. Para a esposa, deu uma calça e um perfume. Pagou cerveja no bar do João. Alemão, Gilson, Celso e Paulão amaram.

— A minha saiu, o advogado pegou os três primeiros, depois a família pegou o resto.

Gargalhavam.

— A minha acho que não sai, a empresa sumiu com os PPPs.

— A doutora Mariana conseguiu os PPPs, mas não conseguiu manter a indenização do acidente do dedo. Aí tive que escolher ou um ou outro.

Na despedida da firma, ele chorou pela segunda vez. Só havia chorado na morte de seu pai. Ganhou camiseta, uma chave inglesa com seu nome e recebeu a promessa de que a bancada se aposentaria com ele.

— João, bota uma aí, mas bota pouco, que o salário tá pouco. Não me deixaram continuar lá. Quero ver como aqueles moleques irão se virar sem mim.

As primeiras semanas foram as mais estranhas.

— Vai buscar pão, melhor que ficar inventando coisa.

Era um ser inanimado dentro de casa, um estorvo.

— Nunca mais você fez carne assada.

— Se você comprar a carne, eu penso se faço.

Virou amigo do açougueiro, do dono do mercadinho, da dona da banca de tempero. Conhecia todas as meninas da lotérica. Às terças, quintas e sábados, a fila da Mega era o seu lugar e, quando sonhava, fazia a fé no bicho. Nas últimas semanas, quase não jogou. A aposentadoria durava o tempo de um contra-ataque, nunca convertido em gol.

— Falei pra Lourdes que você levaria o menino no médico. Tá com tempo livre e quase não usa esse carro mesmo.

— Que dia é isso?

— Amanhã. Ou não pode faltar no bar?

Lourdes era uma sobrinha. Tinha arranjado à esposa um trabalho: algumas casas para fazer a limpeza. Aparentemente, todas amigas, por isso era aconselhável cobrar um pouco abaixo, dada a dívida de gratidão com a sobrinha.

O filho da Lourdes, a Lena, até mesmo dona Marizete...

O carro nunca viu praia, mas viu todos os mercados, feiras, postos de saúde, igrejas, cartórios, lotéricas.

— Busca carne lá pra nós. Tá aqui o dinheiro.

Ia.

— Tá faltando carvão, quem pode buscar?

Ia.

— O Léo tá no metrô e não sabe o ônibus que pega.

Ia.

— Homem dentro de casa é um saco. Pelo menos fora ele faz uma ou outra coisa.

— Aproveita que ele saiu e troca essa música velha.

Na firma, era senhor da sua função. Mesmo com instrução rudimentar, todos recorriam a ele quando não sabiam o que fazer.

— Se ele não souber resolver, chama o exorcista, que só um padre resolve — diziam de sua atuação.

Nas festas, ia e voltava, buscava e deixava pessoas, comprava o que faltava. Não lhe sobrava tempo para festejar.

— João. Bota uma aí.

Com as costas para a parede, num ângulo de 45 graus, dava para observar as duas ruas que culminavam no seu refúgio, sua cadeira. Mesmo quando ele ainda não havia chegado, lá ninguém se sentava. E foi ficando e gostando de ficar. O olhar opaco, as conversas rareando. Mesmo o copioso riso lhe era bissexto. Mesmo a música lhe faltava.

No casamento de Paulo, outro sobrinho, passou a noite toda buscando convidados conhecidos e desconhecidos na rodoviária. Havia levado o chapéu, mas nem teve tempo de usar.

— Melhor festa. — Todos haviam achado.

No dia seguinte, comeu do bolo e mastigou algumas linguiças frias. O filho, no apagar das luzes, lembrou-se de fazer-lhe um embrulho.

Desde a chegada da carta, quem o quisesse encontrar sabia onde: no bar do João.

Lá o buscavam para levar alguém ao mercado ou à feira, lá o buscavam para pedir ferramentas emprestadas. Lá passou seu derradeiro aniversário. Pagou cerveja a todos e pediu:

— Aquela do Nelson Gonçalves.

Chorou pela terceira vez na vida.

Quando chegou em casa, luzes apagadas, silêncio. Nem latidos. Duque havia morrido há dois anos.

— Cachorro vive pouco.

Na manhã seguinte, acordaram-no com efusiva emoção.

— Você viu a conta de luz? Esse seu som ligado o dia todo com esses discos velhos é igual geladeira velha, consome muita energia, por isso tratei de guardar eles. Não se preocupe, estão bem cuidados.

Os parabéns que recebera.

— Jogaram meus discos?

— Claro que não.

— Jogaram, sim.

Engoliu o quarto choro.

Quando os telefones tocaram, quando a notícia correu, todos se entristeceram. Missas rezaram, refizeram laços. "Luto" era a única palavra, triste o semblante. Todos tinham a certeza de carregar a maior dor e precisavam deixar claro. Nunca se viu tanta tristeza anunciada.

Alemão, Gilson, Celso e Paulão agradeceram silenciosamente sua frágil condição. Estava leve para carregá-lo. João, fazendo as vezes de sacerdote, em louvor, entoou aquela do Nelson.

Como não havia quem os levasse ao velório, os familiares, consternados, reunidos em sua casa, pesquisavam o valor dos discos velhos. Ainda bem que a pesada caixa ainda não havia sido levada.

11   "ERA UMA VEZ, VEJA VOCÊS..."

Um epiceno esquilo e sua fêmea viviam entre três árvores. Os mesmos pássaros, com seus mesmos cantos, as habitavam em rodízio, conforme a época do ano. A isso, ele denominava o grande bosque — soava-lhe bem. Cada uma das três árvores possuía nome, e cada folha lhes era conhecida. Havia uma noite e uma manhã, e eram as mesmas. Um dia, um raio de sol penetrou entre elas, acordando a esquilo fêmea, que, sobressaltada, seguiu a provocativa cintilação. Será que vinha todos os dias? Respostas não tinha, mas no dia correto veio e acenou-lhe de longe, para além da terceira árvore. Ela atendeu. Além daquela, havia uma quarta, uma quinta, uma floresta... O dito grande bosque, com suas três árvores e folhas conhecidas, se perdeu no mundo de árvores sem nomes e folhas aos milhões. Pássaros diversos cantavam sons outros e novos sonhos. Houve uma noite e uma manhã, e cada vez mais, mais ínfimo ficava o grande bosque.

12
"COMO ESSES QUE SE VÊ NA RUA"

Era dessas pessoas sem rompantes, imóveis no universo. Enrubescia as faces quando elogiado — e o era muito. Recebia, em permuta, os vultosos elogios que distribuía como distribuem latidos os cachorros. Amava a natureza sem deixar a humanidade sem seu fervoroso amor. Tinha o bem por religião. Seu fremente otimismo enternecia o olhar sobre o hoje, e seu coração vislumbrava amanhãs repletos de luz. Ria, dançava e aconselhava a todos:

— O sol lhe sorrirá, tenha calma. Seja gentil, pois o amor tudo vence.

Escapavam-lhe os dias em que o sol não sorria e não tinha notícias de derrotas do amor. Tristezas tinha lá as suas, sempre ligadas ao destino da humanidade e do planeta. A paz lhe era preciosa. Em seu dorso tatuado, ostentava uma linda pomba branca. Uma pomba inerte e sem ímpetos de voar. Uma pomba sem rompantes, imóvel no universo.

13 "A SOLIDÃO AGORA É SÓLIDA"

Quando se percebera, era uma balança sozinha, balançando cada vez menos. Daquelas balanças... cordas azuis paralelas e o pedaço de madeira suspenso unindo-as. E, não, não era uma balança que levava um espírito maligno, era uma balança desistindo de lutar. Ao fundo, pernas ligeiras e imaginárias tornavam-se minúsculas entre a poeira do parque. Entristecia-se o pedaço de madeira, unindo, sem salvação, as cordas azuis paralelas, que já não podiam se entender. A noite caía, e o silêncio patrocinava-lhes a lamúria.

— Veeeeem?
— Não!

14 "EM QUE ESPELHO FICOU PERDIDA A MINHA FACE"

— Tenho medo de portas abertas.

Repetia para si diante do longo corredor, mesmo que tivesse sofrido mais pelas portas fechadas. As fechadas são de desacordo, as abertas podem ser qualquer coisa. E qualquer coisa incerta ainda é pior que o desacordo.

Caminhou pelo corredor de portas abertas. A cada uma, um uivo gelava-lhe a alma. Seguiu uma a uma até finalizar a travessia. A libertação do sombrio corredor era logo. Diante da porta final, silêncio. Nenhuma luz, uivo algum. Para além dela, apenas ele mesmo, deitado, num velório sem ninguém. O assombro tomou-lhe a fala e as pernas, que não podiam caminhar para confirmar-se deitado. Despertou suado, levantou-se e, olhando em volta, viu-se à porta, petrificado.

15 "CLASSIFICADOS N°1"

Antes do primeiro discurso como presidente eleito, ligou para um empresário amigo e ordenou:
— Pode botar pra vender!
Em seu discurso da vitória, reafirmou a possibilidade de venda de órgãos humanos. Nas três semanas que se passaram, camisetas, bolsas e afins com a frase "Meu coração não está à venda" dominaram todo o mercado. Uma cantora atingiu milhões de visualizações e chegou a figurar em primeiro lugar nos aplicativos em que se finge ouvir música, com o hit que se aproveitou da campanha para revidar um ex-amor fastioso. Já há até tratativas para um filme. Atores a atrizes bem conhecidos do público já toparam doar o cachê para a fundação "Meu coração não está à venda".
Seria perene e trabalhoso aprovar algo parecido no congresso, pelo menos enquanto escrevo este relato. Não creio que de fato falasse sério, mas atiçar a campanha contra ele e munir todo o mercado de produtos que o atacassem foi mais lucrativo que vender algumas córneas.

16
FATALIDADE. CONSUMIDOR TEVE MORTE INSTANTÂNEA

O carro ainda freou, mas não foi o suficiente. Voou e se acabou no chão, feito um pacote tímido, mas não solitário — as compras também despencaram do céu.

Acordou cantarolando no dia, a música até fazia sentido, o que era raro. Aqueles insuportáveis bem mais de trinta graus da previsão já deviam estar ali logo pela manhã. Agora então, quase meio-dia... ida única ao mercado do outro lado da rua, para não precisar sair mais tarde.

— Queijo ralado, muçarela, tomate, requeijão, margarina e ovos.

Há tempos não fazia uma omelete, sabe-se lá por quê.

— Débito.

Logo encheu de pessoas em volta dele, era dali do bairro mesmo. Alguém apoiou um guarda-chuva ao seu lado, para aliviar um pouco o sol.

— Eu acho fantástico que nunca tenha visto um acidente neste cruzamento, ninguém sabe explicar — dizia sempre.

Ironicamente, e em suas ironias sempre cravava:
— Deus me livre morrer na rua num maldito dia de calor. Imagina ficar deitado no asfalto quente. Morreu na mão correta. Rodeado de ovos fritos.

17 "O VERBO DE DEUS BE-A-BÁ"

Era amarelo? Quase todos os rádios eram amarelos. O semáforo abriu rápido, e não foi possível cravar. Confirmaria no dia seguinte. Passava por lá todos os dias, era caminho do trabalho. Passou a vê-lo diariamente. Às vezes, apenas sentado. Recebia dele um aceno de mão, como em saudação. Repetia o gesto, e dele recebia um sorriso, que lhe devolvia — obviamente, com bem menos ênfase e alegria. Em algumas ocasiões, estava limpando os vidros dos carros e pegando suas moedas. A única regra era o velho radinho, os fones no ouvido e a feliz dança. Sua dança alegre dava ao nosso motorista uma confessa inveja. Sempre lhe dava moedas, mesmo quando não desenvolvia seu ofício.

— Era amarelo, eu sabia.

Outra insuportável dúvida passou a lhe assombrar a alma. Na manhã seguinte, definitivamente decidido a saná-la, encorajou-o à dança de sempre e pediu para se aproximar:

— Me empresta os fones?

Pediu, crendo possuir afinidade. Esse prontamente passou-lhe os fones e seguiu dançando. Estavam mudos. Foi então fulminado pela superioridade afetiva daquele que, ainda rindo, indicava o rádio, que, ninguém sabia, era oco.

18 "CANIBAL VEGETARIANO DEVORA PLANTA CARNÍVORA"

"Com quantos dogmas e liturgias se faz um anarquista?"

Lia-se na marquise do ministério. Novamente, os anarquistas fizeram mutirão para limpar o prédio. Da última vez, "o comitê tem poder de veto" figurou por mais de uma semana, pois o líder do comitê, que tinha poder de veto, estava na Europa para receber um título honoris causa e não pôde iniciar a votação sobre a limpeza da marquise.

A ordem para pichar passava por dois turnos em cada comitê. A frase a ser pichada tinha relatoria fixa. A reação ao picho tinha tramitação mais célere, mas precisava da sanção do líder. O líder tinha mandato de dois anos, podendo ser reconduzido por igual período.

"Quem indica o anarquista do ano?" Podia-se ler no dia seguinte. A campanha estava em pleno vapor.

19   "VIDA VEIO E ME LEVOU"

Desde que chegou ao hospital, falava sozinho sobre acordos e pontos positivos, metas e sonhos. Visitas, não as recebia. Havia dias em que não falava nada e dias em que discursava para a parede. A parede não respondia.

— Quem, além de mim, poderá me pôr em pé novamente?

Quem, além de mim, segurará minha mão e me guiará para a vitória?

O padre dizia-lhe algo sobre Cristo, o enfermeiro lhe dava banho. Não sabe como foi parar no hospital, mas jurava que tinha ido sozinho. Disso, muito se orgulhava e fazia questão de frisar aos outros pacientes, cujas fatigadas feições explicitavam estarem ali sem vontade e desejosos de irem embora o quantos antes. A infelicidade maior em todo hospital é o transbordar de esperanças.

— Supérfluos! Rasos! Não desejam nada além da casinha triste, onde possam morrer sem aventuras.

O enfermeiro lhe dava banhos aguardando o término do plantão para voltar à sua casinha triste e sem aventuras. A luz apagava, e todas as noites ele chorava.

— Sou humano demais.

Recebeu uma visita: uma assistente social. Precisava de documentos novos.

— Impressionante a falta de ambição de toda a humanidade.

Voltava à sua palestra à parede. Não tinha tempo para perder com bobagens.

20   "RELEMBRO A CASA COM VARANDA"

— Ela estava com sete meses quando veio a hemorragia. Assim que adormecemos, ela acordou muito assustada. Rapidamente a coloquei no carro e fomos. Lá pelas três da manhã, a doutora Julia veio me dizer que lutavam somente pela vida dela, já que o nosso Pedro já era anjinho. Às sete, meu Pedro não estava mais só. Mãe zelosa que seria, se foi para cuidar dele. Eu fiquei. Eu sempre fico. Minha mãe se foi, para que eu ficasse, meu pai não soube ficar sem ela.

Veja, doutora, eu não quero sucumbir como meu pai. Embora eu não tenha nada, ao contrário dele, que ainda teve a dádiva de segurar o filho nos braços. Talvez ele quisesse que minha mãe ficasse, e não eu. Eu o entendo, ele estaria certo. Eu a matei e destruí sua vida. Por isso venho aqui.

Estávamos juntos há quatro anos, esse bebê era nosso sonho. Desde que eles se foram, pouco tenho dormido e, quando durmo, sonho sempre com o maldito dia em que nasci. Posso sentir a dor da minha mãe e o quanto lutou para que eu ficasse.

Às vezes, sinto essa escolha como amor; às vezes, como maldição. Como se ela me dissesse: "Dei-lhe minha vida, que sua vida faça minha morte valer a pena." Mas, mesmo nos sonhos, não consigo ver seu rosto.

    Antes da ruína total, meu pai me falava sobre músicas que ouviam juntos, de um dia no parque, de um Natal — tudo era bom antes de mim. Depois que eu vim, ele nunca mais sorriu, nunca mais existiram músicas, parques ou natais.

    — Você não tem fotos dela?

    — Eu as vejo sempre, mas a imagem teima em se apagar da minha retina. As lembranças doem demais.

    Sua mãe, sentada ao seu lado, olhava atônita.

    — Viu, senhora, não posso mais continuar atendendo-o. Não seria ético ouvir esses relatos em todas as sessões. Ele sabe que vocês estão vivos e que estão aqui. Ele sabe que a ex-noiva é viva e nunca esteve grávida dele. A dor, que deveras sente, é crível, mas não real. Tirar-lhe os fatídicos partos, as separações dolorosas, não anularia as dores. Esse mundo de dores cruciantes, por ele inventado, é o que o mantém, tirá-las seria confiná-lo a um mundo vazio, pois imaginá-las a ponto de senti-las é o único sentido que ele vislumbra da vida.

21   "O MEU VIZINHO DO LADO"

Alfredo
   24 anos
   Superior
   Completo
   Orgulho da família
   Cinco anos na mesma empresa
   Ótimo salário
   Homem respeitado e invejado
   Hoje conheceu seu primeiro fracasso:
   Tentativa de suicídio frustrada; a corda arrebentou.

22   O DON DO ESPÍRITO SANTO

— Não diga nada a ninguém, não fica bem. Ele terá discernimento, e a fé fará com que vocês se encontrem no sagrado matrimônio. Orem juntos.

Pastor Paulo tinha saberes.

— Irmã Thereza, por favor, traga o Márcio aqui. Eu farei uma oração e terei uma boa e necessária conversa com ele. O álcool não prevalecerá! Jesus salvará seu filho.

— Francisco, você já é um vencedor. O arrependimento diante de Deus faz mais digno aquele que pecou. Antes ter pecado e depois se arrependido do que nunca ter pecado para procurar o Senhor. Sem a sua vida no crime, você não teria procurado a igreja. Jesus tudo sabe, Jesus tudo faz.

— Elias, volte para sua casa, que sua esposa seja Sara. Esse bastardo foi posto na sua vida para desviá-lo. Que, como Ismael, vague pelo deserto de Berseba.

— Rute, Deus lhe dará a vitória sobre a doença...

À tarde, em uma casa, à noite recebia outra família na igreja. De oração em oração, de conselho em conselho, ele pensava em todos. No culto de revelações, tomado pelo espírito, viu a libertação de um jovem. Thereza se encheu de esperança e de gratidão pelo pastor. Francisco ouvia atentamente os salmos que diziam que os ímpios seriam destruídos e sentia que Deus ainda tinha zanga com ele.

Pastor Paulo sempre acertava. Sua voz tinha poder e valor, era benevolente, mas temido. Ele conhecia casa por casa, problema por problema, segredo por segredo. O Espírito tinha a sabedoria e sempre sabia quando usar essas informações. Ninguém podia negar-lhe nada, muito menos confrontá-lo. Era um pescador de homens.

23 "DIAMANTE DE MENDIGO"

— Leonardo DiCaprio.
— Você poderia ir nesse programa, você ia ganhar o milhão.
— Leonardo DiCaprio. Falei!
— Vou fazer café, seu irmão deve tá chegando.
— Estados Unidos. Como assim "União Soviética"?
— Vê se seu irmão mandou mensagem.
— Ayrton Senna.
— Já era para ele ter chegado.
— Posêidon.
— Eu ligo e chama, chama até cair na caixa postal.
— Príncipe Philip.
— O telefone dos meninos nem chama.
— Waterloo.
— Vai perder o café fresquinho.
— Centauro.
— Ele já não veio almoçar. Nunca vi trabalhar em Domingo de Páscoa. É cada uma.
— Karol Wojtyla.

— Ela podia ter vindo com os meninos, pelo menos. Ele que viesse depois. Quando foi a última vez que almoçamos juntos?
— Medeia.
— Já não vieram no Natal.
— Natal. Porto Velho é Rondônia, sua burra.
— Ele respondeu?
— Cobalto.
— Aí depois toma café de garrafa.
— Verônica.
— Vai perder o bolo quentinho.
— Daiane dos Santos.

24   O DIA DO TÉDIO

"E havendo Deus acabado no dia sétimo a obra que fizera, descansou no sétimo dia de toda a sua obra, que tinha feito." Antes, Deus, que acabara de notar que teria sempre que estar fazendo, e controlando, e tornando a fazer, e tornando a controlar, criou o tédio e transformou o sétimo dia no último dia do mundo. *Taedium vitae.* Tornou-o cíclico e eterno, condenou a humanidade a este dia, e, nele, ela sempre viverá. O que foi tornará a ser, o que foi feito se fará novamente. Aurora após aurora de um mesmo dia. Deus pode, enfim, descansar, enquanto a humanidade vaga num ciclo eterno e lancinante, no qual sua intervenção é sentida e alardeada, porém falsa. Deus, desde então, dorme. Este dia nunca terminará. Todos os dias, o mesmo sol nasce e se põe, nunca existiu o ontem, pois ontem a humanidade ainda era barro sem sopro. O amanhã nunca chegará. Nem ao menos foi pensado por Deus. Enquanto isso, ele descansa. Hoje será sempre o sétimo dia da criação *ad aeternum.*

25   SUA SORTE DE VENCIDO

Primeiro se foi sua santidade, Edson Arantes do Nascimento, Pelé. Sua cerimônia fúnebre foi na Vila Belmiro. Um ano depois, o Santos se foi. Sua cerimônia fúnebre foi na Vila Belmiro. Choraram todas as musas e silenciaram-se os mares, o Sol apagou-se por segundos. Sófocles e Shakespeare espiaram, espantados, tal tragédia. Alguma profecia milenar provavelmente tenha-se cumprido. Houve festa entre os deuses.

26   "PRECISAMOS DE AMORES"

— Certa vez ouvi uma música que dizia que o amor é uma coisa veloz e habitante das estrelas. Eu, que pouco sei de música, menos ainda de amor, a achei belíssima. Pintei com tintas mentais os olhos da minha amada, desenhei-os o mais fiel que pude e, com eles, sonhei. Acordei com os meus marejados. Desejei aos deuses ser melhor pintor, para não ter que vê-los se desvanecer ao deixar de sonhar.

    Diria o cartão amassado no bolso, se ele não tivesse tão pouca idade e tão poucas letras — uma única, para ser mais correto: uma correntinha com a inicial dela. Que foi e voltou junto ao cartão durante incansáveis semanas, sem nunca a ter presenteado.

27 ANUNCIAÇÃO DO ANJO GABRIEL

Na delegacia, Meire desespera:
— Te vendo assim, te preferia morto. Por que isso? Você teve escola boa, teve tudo quanto pediu. Talvez aí esteja o erro. Sempre me falaram que nós te mimávamos e um dia alguém iria te buscar na delegacia. Eu dizia que era inveja.
Agora estou aqui, com meu filho ladrão, vou falar o que para as pessoas?
— Não foi pelo dinheiro, mãe. Claro que não foi. Em partes foi por mim, em partes foi por você. Quando você entender, em lágrimas me agradecerá por esse momento.
— Por mim? Meu filho preso num assalto, por mim? Você não se envergonha de culpar sua mãe, que chora as dores, que somente mães sabem sentir e são capazes de chorar?
— Não disse que a culpa é sua, disse que também fiz por você. Fiz como deveria ser, não vê que precisamos disso? Esse seu choro de mãe. Não, não, você não me preferiria morto. O choro da mãe do morto é choro puro, é choro santo. Não tem penitência.

Uma dor limpa não te serve. Te santificaria e você seguiria perfeita e imaculada, como você nunca mereceu, muito menos fez questão de merecer.

— Que coisas são essas que você está falando? Vamos logo. Seu pai e os rapazes já resolveram o que era preciso.

— Resolveram o quê? A consciência humana da limpeza? Não resolvam nada, eu não vou. Isso é sobre algo muito maior. Demorei a me decidir, mas escolhi, eu fico e, se sair, eu volto quantas vezes me fizerem sair. Vá chorar a dor que te dei, uma dor suja como o leite azedo que por meses me deu. A você, a dor necessária e materna. A espera do filho que não vem. A mim, uma nova clausura, um novo útero e essas algemas, meu renovado cordão umbilical. Jamais nascerei de novo.

28   "ZUNE O VENTO E VALSAM OS OITIS"

Bárbara desceu do carro de aplicativo e caminhou até a entrada principal do prédio. Amava aquela colossalidade espelhada, que se atirava na direção do céu. Sempre conferia o tailleur, o cabelo e, num envergonhado, nostálgico e desajeitado *battement tendu*, verificava os sapatos. Apesar de refletirem o sol e lhe nublarem as vistas, os prédios espelhados eram o melhor momento do dia. Lembrava-se de seu tempo de palcos. Seu reflexo lhe era cúmplice e expectador, professor e companheiro de dança. As apresentações, que se davam pela manhã, eram sempre interrompidas por reflexos de ônibus verdes ou laranjas. Era esse o sinal. Dois outros não viriam. Despedindo-se de sua plateia espelhada, seguia sua dança em direção à portaria. Digital, elevador, bons-dias... Décimo andar. "Bárbara da Gama Oliveira – Arquitetura & Design". Há cinco anos ocupava a mesma sala comercial. Uma grande mesa baixa apoiava revistas de arquitetura, algumas com seu rosto na capa. Uma sala de montar. A cada passo, à esquerda ou à direita, *en avant* ou *en arrière*, o desenho dos quadros suspensos se modificava. Ali, tudo era dança. De dentro do espelho, via-se a vasta avenida abaixo. Todos os dias, pegava-se olhando a distante dança dos carros, a dança das pessoas apressadas, a dança das motos, bicicletas, pedintes e patinetes. Todos podiam e dançavam lindamente. Só Bárbara não. O lindo tailleur limitava-lhe o movimento do corpo, que queria dançar. O teatro de sua longínqua e derradeira dança não existia mais, havia virado um mercado ou uma igreja, quem sabe?

Com a dança, Bárbara jamais estaria olhando carros e pessoas dançando de dentro do imponente espelho em plena avenida Brigadeiro Faria Lima, mas jamais também o desejaria, como desejava suas sapatilhas.

Amanhã terá novo espetáculo pela manhã. Transeuntes desavisados, ônibus verdes e laranjas, placas de trânsito, o porteiro e seu próprio reflexo expectador e dançarino a aplaudirão longamente em silêncio.

— BÁRBARA!
— BÁRBARA!

29 "DÁ LOGO A NOTÍCIA. DÁ"

Na parede suja, fotos do time, cuja sede um dia fora ali. Troféus empoeirados compunham a decoração, entre garrafas de fogo paulista, steinhaeger Becosa, conhaque São João e outros rótulos amarelados. O balcão apoiava os braços que copos apoiavam.

— Se saíssem os seis da Mega, eu reformava este bar.

— Eu comprava o bar e mandava o Zé embora.

Risos inundaram o ar.

— Eu ia pôr seguranças armados aqui na porta para que vocês não entrassem. — Mais risos.

— Ainda bem que ninguém vai ganhar. Assim, ano que vem estaremos aqui dizendo o que faríamos se ganhássemos, e também nos seguintes e seguintes... E isto é o melhor que pode nos acontecer: nada. Que o Zé siga nos servindo conhaque, porque, de agora em diante, o que mudar será para pior, em todos os lugares.

Nenhuma risada mais se fez ouvir.

Zé matou o breve silêncio para propor um bolão.

30 "UN SENDERO SOLO DE PENA Y SILENCIO LLEGÓ"

— É adorar no dia do luto.

A voz no rádio cantava com uma exatidão que não deixaria dúvida mesmo à pessoa mais desavisada.

— Ainda bem.

Naquele dia, o triste dia completava dois meses. Ou havia sido ontem? Sempre se confundia com as datas. Naquele momento, enquanto a canção caminhava com ela pela casa, esbarrava nos móveis, sujava os tapetes e aprisionava toda possibilidade. Deu-se conta de que possuía o atributo para a salvação: sofrimento.

Pela primeira vez, encontrou consolo, verdade e abrigo para seu sofrimento, esse lhe atraía bons olhos, aceitação e promessas laureadas. Sem tardar, entregar-se-ia às águas do batismo.

31   "BOAS FESTAS E UM ANO BOM"

— Não vá sujar a roupa. Depois, chega sujo na missa, na casa da sua tia, e eu que fico de relaxada.

A roupa estava na embalagem desde o começo do mês; naquele tempo, ele não sabia nada sobre o décimo terceiro.

— Tá bom, mãe. Só vou vestir na hora da missa.

A mãe se alegrava, óbvio, mas ele não a estava guardando para os sinos de Belém e os tais cristãos convidados à porfia. Mal sabia o que era porfia e ainda não sabe, não comungava e não entendia a homilia do padre, ria quando ouvia o nome de Quirino, governador da Síria, e só sabia o que era manjedoura, pois passara todo dezembro olhando para a representação de uma. Muito menos a guardara para ir à casa de sua tia, onde encontraria os primos, sempre modernamente mais vestidos e alardeando seus novos brinquedos. A roupa guardada tinha um desígnio principal: estar bonito para ela, que sempre ia à missa de Natal. E, depois dela, mostrar aos amigos.

Nesse ano ele só comprou uma camisa nova, o décimo terceiro já chegou esgotado, como em quase todos os anos.

Havia possibilidades que o primo viesse passar com eles.

— O melhor.

— O melhor.

— Nossa! Sem dúvidas.

Eram unânimes.

A família dela entrou na igreja, até o pai, que nunca ia. Ele sentiu sua falta. Será que viria depois? E se ele desse o cartãozinho para a mãe entregar?

— Foi passar as férias com a madrinha, só volta no ano que vem.

Não deu o cartão.

— Vamos dar uma passada no Bruno.

— Virou crente.

— Saudades da dona Nice, a maionese dela era a melhor.

— Três anos já, né?

— Acho que sim.

— Você veio comigo, você vai voltar comigo. Vai falar com a sua tia.

— Já falei. Vou ficar na calçada.

Cartão amassado no bolso.

Bruno sempre contrabandeava umas bebidas, Tiago (filho da dona Nice), os primos... Dali foram de casa em casa, comendo e bebendo contrabandos, cartão amassado no bolso. A mãe ficou pouco na tia. Antes de uma da manhã, já o procurava, ele só chegou às três, ainda em tempo de tomar uma surra. O cartão amassado no bolso.

— Vê se não vai apanhar hoje.

Todo ano gargalhavam lembrando. A surra sempre ganhava novos contornos:

— Ficou uns cincos dias sem sair de casa, nem conseguia andar.

A gargalhada os irmanava, mesmo que fossem estranhos entre si. O que sabiam um do outro datava da infância e de uma lembrança cada vez mais desorientada. Do cartão, talvez nenhum deles soubesse.

O primo não veio, Bruno não saiu. Há vinte e seis anos sonha em repetir aquele Natal. Não o realizando, a cada ano que não o concretiza, mais perfeito ele se cristaliza.

Se hoje fosse à missa, ele a teria encontrado. Ela e seus filhos de roupas novas, guardadas desde o começo do mês. Ele ainda guardava o cartão?

32 "ESTAVA TUDO ESCURO DENTRO DO MEU CORAÇÃO"

— É lindo aqui né?
— É do século XIX. Dizem.
— A cobertura, as três passarelas simétricas, as torres...
— Nunca tinha notado as torres, olha que passo por aqui todos os dias. Conheço mais o chão e as costas das pessoas. Sei que aquela cabine ali é nova. Vende pão de queijo e café. Hoje o embarque será por essa plataforma. Fim de semana muda.
— Cego de tanto vê-la?
— Sim. Embarcar em um trem, todos os dias dentro de um cartão postal, faz o cartão postal detestável. Meus sinceros pêsames por você ter vindo conhecê-lo.
— Mas há beleza escondida na fuligem e nos vultos apressados.
— Eu sou fuligem, eu sou vulto apressado, e não há nada belo. Foge daqui, enquanto ainda pode enxergar beleza.

33 "A SORDIDEZ DO CONTEÚDO"

Ela estaria de vermelho, e ele de cinza. Às 18:01h em ponto, ela passou a estar em atraso, findando-o às 18:08h. Chegou de azul, pediu um drink, ofereceu.
— Obrigado! Estou só na água com gás.
Em tímido avanço, a conversa cravou uma sequência.
— O que você faz?
— Dou consultoria...
— O que você é?
— Analista de...
— Tinha a intenção de te beijar, não de te contratar.
— Ainda bem, o atraso me desclassificaria.
Riram-se.
Deixou a água e mergulhou no drink.
Talvez o atraso tenha sido proposital.
Seguiram com a reunião.

34 PILHAGEM

Nada sobrou. As fotos foram rasgadas, os cadernos sumariamente lançados numa caixa, junto dos álbuns de fotografia. Lembranças, enfeites... Danificaram os quadros, profanaram-lhe o crochê, mas levaram tudo que tinha valor comercial: forro de cama, pratos, xícaras, até seus sapatos. Televisão, armário, máquina de lavar, copos... Não houve tempo nem mesmo de apanhar seu corpo, enquanto caía inerte. Antes mesmo de cair, já lhe havia levado os tapetes. Abandonou a vida sobre o chão nu. Tivessem utensílios potentes, teriam levado também o piso. Dividiram suas vestes e lançaram a sorte sobre sua túnica. O cálice não pôde passar sem que se bebesse, mas logo depois lhe levaram também o cálice.

35   "BAIÃO DO TOMÁS"

— Oh, meu filho, ele não tá muito sozinho? Ele precisa de um irmãozinho.

— Mas ela não quer outro filho.

— Ela fala que não, mas claro que quer. Ela também sabe que essa é a idade ideal, para eles crescerem juntos, serem amigos, aprender a dividir as coisas. Você não sabe como funciona, homens nunca sabem.

— Tá bom, mãe, vou falar com ela.

— Ela vai querer.

— Você não acha ele muito sozinho? Nas férias, sem os coleguinhas da escola, ele fica meio largado aqui.

— Vamos pegar um cachorro.

— Cachorro não, né. Cachorro não é brinquedo. E outra, os bichinhos morrem cedo, e todo mundo sofre. Desde que o Thor morreu, nunca mais quis um. Sofri muito.

— Verdade. Mas outro agora? Agora que tô voltando a caber nas roupas, você mesmo elogiou esses dias.

— Mas ele ia amar ter alguém pra brincar.
— Ser vó é tudo de bom, não é?
— Sim. Ele tá tão lindo.
— Mas a senhora não acha ele um pouco sozinho?
— Será?
— Nessa idade, sempre quer um irmãozinho.
— Ela, por exemplo, tem uma irmã de idade próxima, né?
— Tem, e como são apegadas!
— O meu menino também. Brigavam que só. Meninos... Mas hoje não se largam. Faz falta.
— Um brinde de Natal à família.
— À família!
— À família!
— Ao meu neto querido, minha filha, meu genro amado, que protege e cuida dela. Que ele siga esse homem próspero e íntegro e seja espelho para os filhos.
— Ouviu, amor? Filhos.

Ela tinha ouvido, passou toda a noite de Natal ouvindo... da mãe, da sogra, do marido, do primo do marido... Mesmo na TV, pareciam falar com ela.

— Alberto voltou forte, tá na moda.

Às três da manhã, ela já havia aceitado devolver as roupas ao armário e satisfazer a família. Seu sogro iria amar ver seu nome no netinho.

36   GLP

Abriu o gás e adormeceu. Havia entendido o sentido da vida. O gás também ensaiava seu fim.

    Amanheceu, mesmo sem querer.

37 A SOMBRA

A essa altura, ninguém mais era capaz de acreditar que ele prosseguiria, e não teriam o que dizer quando escolhesse. Isso entristecia a todos, afligindo o profundo da alma. Nessa hora, ele os acolhia, limpava-lhes as tristezas e sorria um sorriso etéreo. A tristeza lhe era uma aconchegante casa e, à sombra dessa, montara sua rede.

38   "O OURO E A MADEIRA"

— Como vocês acham que seriam?
— Talvez uma bomba.
— Vírus faz alarde e demora.
— Teria que ser explosão.
— Explosão de quê? Do Sol, os cientistas já teriam previsto, e bomba já foi dito.
— Concordo com todos vocês, será por tudo isso; aliás, já está sendo. Quem veio botar fogo na Terra, já o encontrou aceso. Somos o riso cariado da boca do mundo, que arde. Contemplemos!

    Ele nem tinha começado a beber ainda. Todos riram e trataram de encher os copos o quanto antes.

39 "DAS ÁGUAS DE DESPEJO"

Foi de estação em estação, e eram muitas. Ao fim desse ato, a acolhida foi com um leve toque em seus lábios, resolveu chamar de beijo. Estava feliz, era seu aniversário. Tão rápido quanto o beijo da chegada, chegou a hora da partida. Assim antevia, mas preferiu ficar até o epílogo. O amor veio a óbito: Deus o tenha! Era um domingo chuvoso, as águas de março fechavam o verão. Sentou-se no chão do trem e chorou, enquanto percorria todas as estações em sentido inverso. A angústia do retorno aumentava a cada uma delas. E eram muitas.

40 "VOZ MAIS TRISTE"

A notícia, talvez, demorou a chegar, mas, quando chegou, ninguém precisou anunciá-la em voz alta. O olhar apenas confirmou o que na alma de todos já era sabido. Exclamariam em um pesaroso uníssono o que o detentor da notícia lhes comunicou com o olhar, mas o aperto no peito roubava-lhes a possibilidade da fala. Mesmo os olhos estavam sem reação, nem tristeza sabiam sentir. Se a desistência fosse opção, nem mesmo isso teriam força para fazer.

41   SUA SORTE DE VENCIDO II

— Um inocente morreu na cruz para lavar, com seu sangue, nossos pecados...

Nessa justa hora, ele passava em frente à mais nova porta aberta da vizinhança: Tabernáculo e adoração.

— Inocente? Não há inocentes. Os que assim se pretendem são, no mínimo, cúmplices dos crimes de todos os outros homens. Ele jamais morreria na cruz por mim. Quantas vezes desejei que a mim ele também quisesse reunir sob suas asas, como as galinhas reúnem seus pintinhos? Se ordena como único e universal, mas não é de todos e nunca disse que seria. Orar a ele jamais farei. Se ele estiver lá e tiver ouvidos, tão sábio que é, jamais ouvirá minhas bobagens, e nem deve mesmo. Se ele lá não estiver, perderei tempo dizendo as mesmas bobagens a quem não tem ouvidos nem olhos.

O pastor Edson, em silêncio, apenas observou. O Vilson — chamavam-lhe Vilsão — era conhecido de todos no bairro. Seguiu rua acima, enquanto declamava seu cordel. Hoje vestia a camisa 10 do Santos. Ele só a vestia quando se sentia bem, pois sabia estar em inequívoco contato com a divindade e não se permitiria um uso blasfemo de tal paramento. Ninguém ousou contar-lhe sobre o jogo. Talvez ele não suportasse ter que lamuriar a Deus pela primeira vez.

42   OSCULETUR ME OSCULO ORIS SUI!

O sonho dela era beijar o padre, que rezava missas em latim. Nunca conseguiu. Era uma língua morta.

43   OCASO

Aplaudiram efusivamente. Isso o feriu de morte. Sabia que não havia ido bem, seu suor e seus olhos entregaram seu desespero diante do público. Não esperava vaias, mas aplausos efusivos? Durante aqueles longos torturantes segundos, só queria correr para a coxia, chorar e prometer nunca mais pisar num palco. Sua ruína ficava explícita a cada nova salva iniciada.

— Quanto mais forçoso o elogio ou o aplauso, mais sabemos que o outro não o merece. E é exatamente por isso — e não pelo contrário — que o fazemos. Mesmo o destinatário de tal condescendência envergonha-se ao receber a esmola e esconde no sorriso amarelo o engulho. Aniquilem-me de vez. Que a zombaria chegue ao ápice com uma indicação qualquer a um prêmio qualquer. Isso não é tudo, qualquer um de vós, detentores de mãos mentirosas, que aplaudem por pena, poderiam levá-las à suprema infâmia de me premiarem aqui mesmo.

Ele ainda diria mais, mas ninguém mais o escutava, talvez nem mesmo uma única palavra tivesse sido ouvida. Os aplausos eram sufocantes.

44   TERCEIRO SELO

O banco local, os mísseis explodiram. Havia sido poupado até então. Escolas e hospitais tiveram preferência. Revoada de notas, como de pássaros, em chamas, outras tantas não. Essas nem o chão tocavam. Aparadas no ar, iam diretamente às bocas famintas.

45 LITURGIA

Ainda faltavam algumas crianças. A água havia subido muito rápido. Todos de mãos dadas esperavam a corda. Como essa se encontrava no porão alagado, levaria mais tempo que o desejado.

— A corda vem hoje? — repete-se à exaustão.

As crianças adolescem aguardando-a. Os braços não são desenlaçados, mesmo sob o sol. Quando alguém desmaia ou morre, novos braços se juntam. A quem sustentam nesse resgate perene? O que fariam se houvesse chegado a corda? Quando entraram nessa corrente humana para salvar as crianças, descobriram suas próprias salvações, e esse pacto jamais quererão desfazer, por toda a eternidade.

OS TRÊS MAL-AMADOS

O guarda-roupa era, de fato, excepcional. Peça única, bonito, apuradíssimo senso estético e uma beleza rústica genuína. Uma a uma, tratou as madeiras à mão: seladora, verniz e esmero. Quem o visse, sem erros ou exageros, diria que um guarda-roupa havia sido composto. Um boto engendrado pelas mãos talentosas desse Tom Jobim das madeiras.

 Quando o sabor explodiu em sua boca, sabia que o manjericão e a semente de coentro estavam ajustadíssimos. Dessa vez, deu alguns centavos a mais de pimenta-branca e, quando bateu no liquidificador seu tempero de ervas secas, cebolas, pimentões, pimentas dedo-de-moça e de cheiro e os talos de coentro, acrescentou também os dentes de alho. Normalmente ele o tritura e cozinha junto, mas dessa vez queria um caldo mais espesso. Cinco folhas grandes de louro e algumas dezenas de minutos na pressão. Enquanto, em outra panela, na banha do torresmo, refogava o alho, cebola, algo mais de talos de coentro e pimenta-cambuci na perfeita coloração, que muta lentamente entre verde as matas no olhar para a franja da encosta cor de laranja. As calabresas em cubos cortadas fingem não conhecer as cortadas em rodelas, para simular paio; a carne-seca, o bacon e o queijo coalho tingem por fim esse quadro. Quando ambas as panelas cumpriram seu divino dever, a pororoca se pôde ouvir, e tínhamos o melhor feijão que o prazer humano poderia suportar.

— Devotaria uma terça de céu, sem impor se ensolarado, cinza ou alaranjado.

O complemento lhe soava fabuloso, mas essa frase em especial lhe tirava sorrisos.

— "Estou realmente escrevendo versos simpáticos."

Citava Álvaro de Campos, para dizer de si mesmo, ao que logo retorquia:

— Simpáticos não, bons. Tenho escrito bons versos.

Realmente eram bons os versos. Havia outros igualmente belos, mas para esse houve uma tarde e uma manhã, e isto era bom.

A perfeição era regra, cada um buscava para si o motivo definitivo para a abolição das palmas, transformando sua ovação na vanguarda da homenagem que palmas não mais pudessem alcançar — uma Jules Rimet não derretida. Mas não havia quem aplaudisse tão belas obras. Todos eram perfeitos, a perfeição era regra, mas cada um só sabia da sua.

47 OBELISCO

— Fulano morreu.
A princípio, a frase não causou espanto em nenhum dos presentes. Morrer era o que mais acontecia a fulanos. Mas sua complementação causou gelo na alma de todos:
— Fulano morreu. Velório no saguão do prédio.
A cerimônia seria na repartição. Fulano não tinha familiares.
— Pelo menos a gente suspende o trabalho para chorar um choro sincero. — Divertiam-se.
Findando o velório, um homem de terno negro adentrou, conferiu as faces do extinto e dirigiu-se à sala do gerente substituto. Diante do exposto, esse redarguiu, chamou às pressas o servidor responsável pelo departamento pessoal, que lhe trouxe pastas e mais pastas... Análise feita, assunto concluído: não havia o que pudesse ser feito. O ex-funcionário tinha licenças-prêmios nunca tiradas e, na data do seu passamento, uma medida provisória, quase caduca, mas ainda ativa, vedava levá-las ao túmulo. Deveria gozá-las de qualquer forma, para só depois

ser enterrado. Diante desse desarranjo burocrático, ninguém sabia exatamente o que fazer com o inanimado, que foi, então, ficando e se fazendo paisagem do saguão.

48   COM QUEM SERÁ?

Estava feliz. Seu jeito de segurar o prato de bolo, a taça e o gesticular demonstravam isso. O primeiro pedaço não deu a ninguém, quem o receberia não se dignou a ir. Só em pensamento e oração. E ela não era de orar. Estava de fato feliz. Dançou e gargalhou como se feliz fosse e música ouviu. Lá pelas tantas, pouco depois das três, ergueu a taça e brindou só:
— À taça vazia.

49 MISTÉRIOS DOLOROSOS

Ontem caíram árvores por todo o bairro. Derrubaram fios, deixando-o sem luz durante horas. Acendeu uma vela, como se acendia nas procissões de Sexta-feira da Paixão; como tal, fez um castiçal de papel, para poupar as mãos da parafina quente, e, sob uma silente dor, iniciou a via crucis, de cômodo incômodo a cômodo incômodo. Percorreu solenemente toda a extensão da penumbra de sua casa, finalizando no seu quarto.

— Eis o lenho da cruz.

Cantarolou a canção que sempre conhecera, mas sabia que não havia salvação, não para ele.

Prostrou-se sem mãe, sem seu discípulo amado, sem sua Madalena, sem mirra e nem aloés. Seu cálice segue com alguns dedos de vinho azedo, em cima da mesa de cabeceira. Rolou a pesada pedra. Nem precisaria, anjo nenhum viria. Desceu à mansão dos mortos, na esperança de que não houvesse um terceiro dia.

50   2024

— A sensação térmica foi de cinquenta e sete.
— Ainda bem.
— Ué, você não odiava o calor?
— Ainda o odeio. Porém em mim sempre habitou um temor profundo desses extremos, que vivemos hoje: controle global através de inteligências artificiais, bufões sombrios assumindo governos, calor desmedido, população incapaz de entender uma simples sentença, mesmo a lendo dezenas de vezes, pandemias, "esta festa de bandeiras com Guerra e Cristo na mesma posição", controle populacional... Quando lia, ou via em filmes, me gelava a alma. Hoje, vivendo dentro disso, tomo cerveja e ouço os sambas de Batatinha, pois não há mais nada a se fazer. "Agora estou em paz, o que eu temia chegou." Distopia é muito mais assustadora lida e assistida que vivida.

51   SUA SORTE DE VENCIDO III

O juiz proferiu a sentença: estava condenado. Ou, com a seriedade mais adequada: o juiz apitou o fim do jogo. Estava condenado. Um deus aniquilado, que deixa de sê-lo pela aniquilação, que não pode acometer a um deus e seu Santos. Com isso, o universo também tomba, pois, ao ver aniquilado seu criador primordial, nada mais resta, absolutamente nada. Um sem existir desde os primórdios e seus primórdios, que datam de eternidades entrelaçadas. O 8 não é o infinito. É a 10.

52 "LEVANTAR SEM TER DESTINO. PRA QUÊ?"

Dring, dring, dring, dring.
 Despertou às 05:10h. Imóvel estava, imóvel ficou. A face voltada para a parede. Apenas a pulsação necessária para manter-se vivo. Gostaria de sair do quarto, vagar livre pelo corredor, descer as escadas e testemunhar outras paredes. Delirava poder olhar a luz do sol. Estava condenado àquele quarto, à solidão e ao intervalo merencório. Tempo tinha de sobra, por isso mesmo não sabia há quanto durava e quanto ainda duraria aquele ontem eterno. Eis senão quando a porta se abre. Novamente o penoso, temido e reiterado momento. Ela se ia e o deixava. Não sem antes, garantindo a longevidade de seu vazio, lhe dar corda.

53
REQUIEM AETERNAM
DONA EIS. DOMINE

— Estou com vontade de comer carne de panela.
O recado estava dado, e prontamente lhe respondeu:
— Pra quando?
— Quando der.
— Sexta vou à feira, sábado eu faço.
Após o miolo de acém no açougue, pimentão, coentro, batata, alho, cenoura, mandioquinha, cebola, cerveja stout, manjericão, pimenta dedo-de-moça, pimenta-caiena para o molho... Não se esquecera de nada.
Quando chegou em casa, alucina que era segunda à noite, tentou dormir. Não conseguiu. Na possível terça, estava sem forças.
A missa realmente havia sido muito bonita. Lembrou-se de esvaziar a geladeira. Os pimentões ainda estavam bons, como o restante dos legumes. Apenas o coentro havia murchado. Provavelmente pereceu antes mesmo da missa. Há quantos anos não ia a uma?

54
DROIT DE LA SAISINE
(ARTS. 1.784 E 1.785)

— Ele só sentava ali, naquela mesa. Dizia que dava pra ver as duas ruas.

Realmente se lembrava de vê-lo quase sempre ali. Mais ali que em qualquer outro lugar.

— Como tá a conta?
— Aberta.
— Quando tá?
— Não quer fechar no fim de mês?
— Mas tá em quanto? Ele gostava desse, né?
— Era o favorito.
— Bota um pra mim.
— Esse é por minha conta.
— Não. Soma com o que ele devia e bota no meu nome.
— Senta aí, já levo.
— Posso?
— Ninguém mais, senão você, poderia.

55 "CAYÓ BAJO LAS GARRAS DE LA FATALIDAD"

A rua ficou triste, e se propôs um minuto de silêncio. Tão silencioso, que não se ouviu a própria proposta. Um som envergonhado fez-se ouvir na casa vizinha. Duraria muito o tempo em que ouvir música seria inadequado?

O pastor, que discursara diante dos familiares católicos, nem mesmo chegou a interromper suas reuniões, o carro do ovo passou na terça, como em toda semana, as calçadas receberam cadeiras e fofocas; a rua, o lixeiro. A Sabesp mediu a água; Cláudio só não entregou as cartas porque estava de férias, nesses dias quem o cobria era o Lopes. As crianças não jogaram bola, mais por assombro, que por silêncio.

Aos poucos, a rua voltou a ser o que sempre foi: triste.

INCOMOVIDA IMAGEM

Na penumbra, dormia descompromissado, acordar era seu temor. Havia dado tudo de si. Tudo. Até sua completa exaurição. Costumava chamar derrota, mas, tecnicamente, derrota pressupunha um vencedor. Não o havia. Vitórias não o acompanhavam, mesmo que o tendo por derrotado.

Vazio era a melhor definição possível, mas tinham medo de usá-la.

— Perdeu-se!

Sentia-se alentado, pois o uso dessa sentença lhe conferia uma possibilidade de ter trilhado um caminho onde existia a possibilidade de não se perder. Algo que jamais poderia fazer.

— Fracassou.

Outorgavam-lhe assim um talento que não lhe abrangia, o de poder escolher não ter fracassado.

— Quando se vê no espelho, o que enxerga? O espelho lhe retorna o olhar, ou se envergonha?

Creio que essas perguntas nunca lhe foram feitas. Quem se interessaria em fazê-las? Já haviam lhe confiscado a alma e o aroma, que doou com uma devoção de quem caminha Dutra afora até os pés descansados de Nossa Senhora. Responderia sobre o espelho, se lhe perguntassem. Ensaia todas as noites defronte dele, mesmo diante de sua incomovida imagem.

57   TOMA UM FÓSFORO

— Feliz Dia da Confraternização Universal e da paz! — disse quase não ironicamente, em tom suficientemente alto para acordá-lo. Além de limpar, ainda a faziam de despertador, babá e esperavam a casa digna de suas excelências. Assim posto e assim tendo de ser, que ao menos deixassem o espaço desocupado. Refez a saudação:
— Feliz Dia da Confraternização Universal e da paz!
— Deve ser, então.
Ele levantou-se e foi saindo lentamente. Numa leve virada de cabeça, buscou-a com as palavras:
— Sobrou muita coisa?
— A mim, a mesa suja, os pratos, taças quebradas, talheres espalhados, manchas nas toalhas, cinzeiros cheios de bitucas, sofás bêbados de vinho. Ah! Se quer saber de comida, tem bastante no tapete.
Assim teria sido, mas foi:
— Ainda não vi tudo. Primeiro vou organizar. Ah, tem um maço com dois cigarros na mesa.
— Pode pegar. Pela confraternização universal.

58 SAQUINHOS HIGIÊNICOS

Acordou cedo. Não era de sua rotina, jurava gostar do dia pela manhã, mas raramente o via e, menos o conhecera, mais o amara. Foi à padaria tomar café. Poderia buscar o pão e comê-lo à mesa da cozinha, com manteiga e café, como fazia nos esporádicos desjejuns, mas necessitava sentir os aromas fervilhantes das padarias pela manhã.

Pediu café com leite médio, requereu o açúcar mascavo (não havia se convertido ao dogma do café sem açúcar, nem o faria), consumando o pedido com um pão na chapa, como reza o manual. Os burburinhos lhe chegavam:

— Mineiro quente.
— Sem mamão, por favor.
— Me vê os mais clarinhos.
— Dois na chapa.
— De laranja dá pra fazer.
— O enroladinho é de quê?

Não sem fila, pagou a conta e apanhou um bombom antes. Era cedo ainda, os ônibus passavam cheios, as lojas abriam, os carros se odiavam sonolentos, passos apressados se batiam em paredes de passos indolentes, e alguns bonitos cachorros cagavam nas calçadas, emprestando algo de relevância e dignidade aos vultos humanos que julgam conduzi-los, mas só se enobrecem ao agachar-se às fezes e apanhá-las. Tencionou dar sinal a um ônibus qualquer e ir com ele aonde ele descansasse, mas não havia cansaço. Apressou-se a atravessar a rua. Já do outro lado, questionou-se o porquê de tal pressa. Não tinha respostas.

Ao retornar para casa, guardou o bombom num pote com outros, já envelhecidos. Em um caderninho, pôs-se a anotar algumas poucas impressões: "Com o meu, foram vinte e oito pães; apenas uma mulher pediu iogurte batido, e três pessoas pediram coxinha; houve um pedido de suco de couve, esse negado pela ausência de tal iguaria...". Sentiu-se reconfortado e decretou:

— Se for macho, Cosme. Se for fêmea, Belinha.

59   "CARA DE BOI LAVADO"

Quando abriu os olhos, era sábado, e o sol cumpria sua função de penitenciá-lo. Sem graça constatou: não houve sexta. Sonhava com ela, para apagar as quintas passadas, as quartas não vividas e os demais dias gastos com tudo e nada, mas nada de seu. Tencionou levantar-se da cama sem êxito. Fraco, sentia o avanço lento, mas implacável da doença. Sorriu, vislumbrando um domingo e seu futuro arrastar-se, como se arrastam as semanas sem pernas e braços que o abracem, até o dia definitivo que seu corpo já sabia, mas não lhe contava. Agradava-lhe a ideia de abrir os olhos na terça, sem ter havido uma segunda, e assim até que houvesse o terminante fechar de olhos que, sem ninguém o saber, tardaria. Tardou o suficiente para abandonar seu deus, prontamente após descobrir-se por ele abandonado.

— Eli Eli Lama Sabactani — bradava sempre ao acordar, ansiava despedir-se, tendo o grito do Crucificado também como seu. Seus gritos, porém, batiam nas paredes mudas e se perdiam.

Nem mesmo seu eco lhe socorria. A vida e a morte tinham um trato: apenas o observariam, sem nunca intervir.

60   "E O ABISMO SURGINDO"

Quando recebeu o crachá da empresa, ganhou um nome e uma referência com a qual se associar e se fazer notado. Fez dele companheiro de passeios pelo metrô, restaurantes, praças de alimentação dos shoppings, quando nele deixa pingar, como que por acaso, o delicioso sorvete, pois acha desarrazoado saboreá-lo sozinho. Nos poucos domingos que pode, leva-o para o almoço na casa de sua mãe. No segundo de maio do ano corrente, leu, ainda à mesa, o e-mail que o pedia de volta.

    Há três meses, sua pulseira de identificação do paciente atenua sua ausência, contudo ainda há saudades. Para arremedá-la, choroso, pede rotineiramente à mãe, a cada visita, que lhe mostre o cartão de visitante, no qual consta seu nome.

61 "PARECE O CANTO TRISTE DO JURUTAÍ"

Dividiram aquela noite enluarada. Ela com a lua, ele com a noite.

VISITA ÀS QUINZE

Para consolar-se de uma vida triste e esvaziada, tratou de ludibriar o vazio, dando a ele nome e sofrimento: Rosa. Ora infarto, ora queda. Ora dor, ora náusea. Ora isso, ora aquilo. Incessantemente, perambula de UPA em UPA pelos bairros, aguardando notícias suas. Passa manhãs e tardes aflitivas, fazendo-se acompanhar por outras mães, quando Rosa é filha, de outros filhos; quando é mãe, às vezes, sua vizinha mais próxima ou uma irmã. Agrega amigos e mais amigos rotativos, em todas as UPAs em que congrega. Todos prestimosos e deveras preocupados. Reciprocamente, manifesta honestas preocupações para com os enfermos destes:

— E seu Orestes, quando vai pra casa?
— Meus sinceros sentimentos!

Engendra há anos o derradeiro dia de Rosa. Advento que só se encerrará ao seu próprio findar, quando haverá asfalto apenas, sem flores que o furem.

63 PENÉLOPE

A poesia morreu. As fartas profecias seculares enfim encontraram seu acerto. Seu torturante fim nem anunciado foi. A quem interessaria tal anúncio? Poetas ainda choram para si poemas inconsoláveis, pois os oráculos previram que esses primeiro iriam; depois, a poesia. Mas essa morreu antes deles, que, por ainda não terem sido avisados, seguem, eternamente tecendo seus versos, que se perdem todos, sem encontrarem ouvidos de gente.

64   CACILDA

Era abandono, ainda não sabido. Todos os dias esperava, como quem espera Godot ou Cristo.

— Hoje vem — repetia e ensinava a repetir. O "hoje" se renova a cada dia, e a cada dia se renova a certeza de que ontem não, mas hoje vem.

65 "O AMOR TEM PÉS DE BALÉ"

Amava a burocracia de cumprir todos os combinados. Marcasse às dezessete horas, às dezessete horas lá estaria. Após um feliz e fortuito reencontro, tudo isso transmutou-se. Cuspindo na liturgia que lhe é cara, passou a marcar às dezessete horas e, às dezessete horas, não chegar. Profanando seu cânone, antecedia-se ao horário marcado, pois o desejo de vê-la era muito maior que toda liturgia.

POSFÁCIO

Não é usual quem escreve sobre uma obra já sair destacando seu ponto mais elevado. Penso que eu não poderia fazê-lo também, então inicio ponderando o ritmo dos textos, o movimento deles, a forma como se constroem de forma rápida, tal qual uma facada, que vem sem a espera e de um só golpe, rápido, de começo indolor, uma vez que não se percebe, e, por isso mesmo, letal.

Contudo, é preciso sinalizar, não é um livro triste como o autor queria. Não mesmo! Parece-me mais: é um livro trágico. Trágico por ser mítico. Trágico, pois, mesmo os personagens sendo uns quaisquer, ainda assim são realezas desse pequeno mundo em decomposição. É trágico no sentido clássico, grego. É trágico uma vez que fornece catarse, o terror e a purgação de Aristóteles. Não se sai neutro da leitura, se sai com um mal-estar, mas também um alívio: ao menos não comigo! Ao menos não essa desgraça comigo!

E a luz de velas só aparece no final. Vem em forma de amor, da quebra da rotina, do chegar cedo, mesmo sempre o amor chegando tarde. O amor é o *deus ex-machina* da obra, que vem de forma gentil, suave, fraca até. Tal qual a vela. É quase um lugar-comum, mas aqui aparece de forma tão delicada, como aquele botão bonito, da camisa bonita, que cai muito bem em todo luto, melancolia e tristeza que há ali. Mas é com o amor também que há a quebra de algo: o fim do rito e a vontade de se antecipar ao tempo.

Outro elemento relevante e que me parece ser o fio condutor da obra é a canção. Entretanto, esse fio é tão perigoso quanto o de um poste. Em vários textos ela aparece como perigo, algo a ser combatido: politicamente, pessoalmente, coletivamente, em alguns casos. É um fio, perigoso que só, que mais desperta interrogações que respostas: qual a ligação direta das músicas ao fim com os textos escritos? Foram ouvidas no momento da composição? É um diálogo canção com texto? O quanto se aproximam e se afastam? A mim, das poucas músicas que conheço de cabeça e sei que estão no corpo do texto, parece-me que tecem uma dança, porém canção e texto dançando de formas distintas, em compassos, cadências, movimentos distintos. Estranho por isso. Interessante por isso.

E chego ao fim, ao cabo, ao ponto máximo. A música é o fio condutor, mas de tão frágil o que há de mais elevado nos textos são os seus silêncios, o seu não dito, o espaço que falta. Essa angústia que gera a falta de explicações, de onde vieram, para onde vão. Essa angústia elevada de querer pegar os personagens em seus sofrimentos (que a maioria inclusive aceita para si) para nós e os ninarmos, pois só merecem descansar da vida ingrata, solitária e sombria que vivenciam. Aliás, quanta solidão cabe numa obra? Parece que o livro tenta desvendar isso, contudo seu fim é o encontro, essa coisa imprevisível e sensacional que é o encontro, marcando o contraditório no livro e embelezando-o ainda mais.

    O bom escritor não é aquele que responde, e sim aquele que convida o leitor a preencher os espaços, a gritar junto, a se aquietar também. Nesse sentido, a obra não só atende a isso, mas revela um autor disposto a pinçar um instante e colocar em lupa a beleza triste e incandescente dele. O faz com talento. Vantagem do leitor que é convidado a dançar, mesmo que seja a dança do esquisito.

Gabriel M. Barros

CANCIONEIRO

2 "Contenda" (Thiago Amud e Guinga) – Guinga e Chorolê

6 "Antwort" (Mario Manga e Wanderley Doratiotto) – Premeditando o breque

7 "Cabras pastando" (Sérgio Sampaio) – Sérgio Sampaio

8 "Pode levar" (Manduka) – Ilessi e Diogo Sili

9 Quer uma coisa? (Luiz Tatit) – Luiz Tatit

10 "O Ébrio" (Vicente Celestino) – Vicente Celestino

11 "Lenda do Pégaso" (Jorge Mautner e Moraes Moreira) – Moraes Moreira

12 "Pequeno perfil de um cidadão comum" (Toquinho e Belchior) – Belchior

13 "O Homem velho" (Caetano Veloso) – Caetano Veloso

14 "Retrato" (Sueli Costa sobre poema de Cecilia Meireles) – Sueli Costa

15 "Classificados N°1" (Sérgio Sampaio) – Sérgio Sampaio

17 "Dançar" (Tom Zé) – Tom Zé

18 "Canibal vegetariano devora planta carnívora" (Augusto Licks e Humberto Gessinger) – Engenheiros do Hawaii

19 "O velho Francisco" (Chico Buarque) – Chico Buarque

20 "O divã" (Erasmo Carlos e Roberto Carlos) – Roberto Carlos

21 "Um homem chamado Alfredo" (Toquinho e Vinicius de Moraes) – Toquinho e Vinicius de Moraes

23 "Diamante de mendigo" (Raul Seixas e Oscar Rasmussen) – Raul Seixas

26 "Precisamos de amores" (Paulinho Pedra Azul) – Paulinho Pedra Azul

28 "Viena fica na 28 de setembro" (Aldir Blanc e João Bosco) – João Bosco

29 "Absurdo 1" (Rodrigo Campos e Nuno Ramos) – Juçara Marçal

30 "Alfonsina y el mar" (Ariel Ramírez e Félix César Luna) – Mercedes Sosa

31 "Ano bom" (Arrigo Barnabé e Luiz Tatit) – Renato Braz e Lívia Nestrovski

32 "Augusta, Angélica e Consolação" (Tom Zé) – Tom Zé

33 "Roda morta" (Sérgio Natureza e Sérgio Sampaio) – Sérgio Sampaio

35 "Baião do Tomás" (Chico Saraiva e Luiz Tatit) – Luiz Tatit
38 "O ouro e a madeira" (Ederaldo Gentil) – Ederaldo Gentil
39 "Ciclo das águas" (Fernando Pellon) – Fernando Pellon e Valéria Ferro
40 "Voz mais triste" (Nuno Ramos e Rômulo Fróes) – Rômulo Fróes
52 "Sem destino" (Luiz Tatit) – Luiz Tatit
55 "Si se salva el pibe" (Celedonio Esteban Flores e Francisco Pracánico) – Edmundo Rivero
59 "Cobaias de Deus" (Cazuza e Angela Ro-Ro) – Cazuza
60 "Mal-estar" (Miguel Rabello e Roberto Didio) – Miguel Rabello
61 "Jurutaí" (Nei Lopes e Guinga) – Fabiana Cozza e Guinga
65 "Com você" (Miguel Rabello e Roberto Didio) – Miguel Rabello

Escaneie o QR Code e acesse a playlist

FONTE Utopia Std Regular
PAPEL Pólen Natural 80 g/m²
IMPRESSÃO Paym